Analyse de l'œuvre

Par Mélanie Ackerman
et Florence Balthasar

Chagrin d'école

de Daniel Pennac

lePetitLittéraire.fr

Rendez-vous sur lepetitlitteraire.fr et découvrez :

Plus de 1200 analyses
Claires et synthétiques
Téléchargeables en 30 secondes
À imprimer chez soi

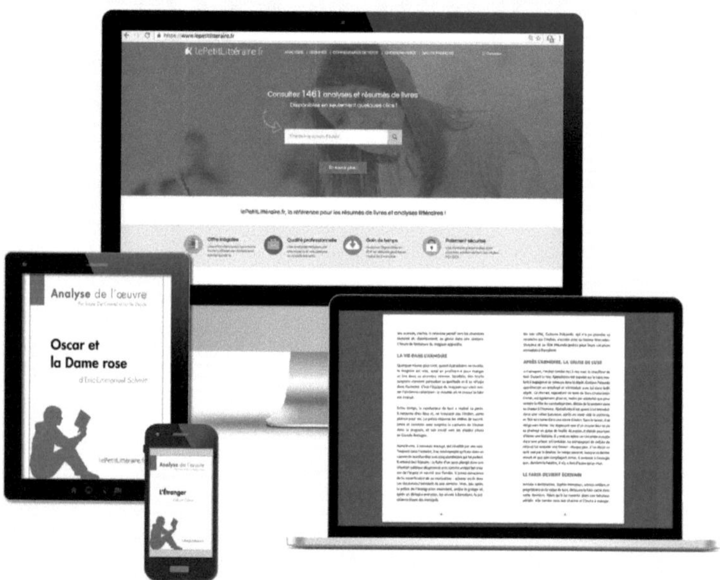

DANIEL PENNAC

ÉCRIVAIN FRANÇAIS

- **Né en 1944 à Casablanca (Maroc)**
- **Quelques-unes de ses œuvres :**
    - *Cabot-Caboche* (1982), roman jeunesse
    - *Au bonheur des ogres* (1985), roman
    - *Kamo. L'idée du siècle* (1993), roman jeunesse

Fils de militaire, le jeune Daniel Pennac, de son vrai nom Daniel Pennacchioni, a beaucoup voyagé, déménageant souvent au gré des déplacements paternels. De l'Afrique à l'Europe, en passant par l'Asie, la famille a fini par s'installer en France dans un village des Alpes-Maritimes. Malgré son passé de cancre (qu'il raconte dans *Chagrin d'école*, paru en 2007 et consacré par le prix Renaudot), Pennac est devenu enseignant, essayiste, romancier et auteur de littérature jeunesse.

C'est principalement grâce à la saga *Malaussène* qu'il est connu auprès du grand public. Il s'agit d'une série de six romans policiers qui relatent les aventures de la tribu Malaussène et principalement de Benjamin, bouc émissaire professionnel. *Au bonheur des ogres*, le premier volume, a été publié en 1985, tandis que le dernier, *Aux fruits de la passion*, est sorti en 1999.

CHAGRIN D'ÉCOLE

DE CANCRE À PROFESSEUR, RÉCIT AUTOBIOGRAPHIQUE

- **Genre :** roman autobiographique
- **Édition de référence :** *Chagrin d'école*, Paris, Gallimard, coll. « NRF », 2007, 320 p.
- **1re édition :** 2007
- **Thématiques :** scolarité, apprentissage, enseignement, solitude, exclusion

Chagrin d'école est un récit autobiographique qui raconte le parcours d'un cancre devenu professeur. Avec ce roman, Pennac nous livre un témoignage rare : auteur reconnu, il montre que les résultats scolaires n'influencent pas nécessairement le futur des élèves ou, du moins, pas comme on peut l'imaginer. Effectivement, si l'écrivain n'avait pas connu un passé de cancre, il n'aurait peut-être pas fait le choix de l'enseignement, puis de l'écriture ; surtout, il n'aurait pas pu le dire avec les mots si justes de *Chagrin d'école*.

Ce livre témoigne de la coexistence de deux mondes que tout semble parfois opposer : celui des élèves et celui des professeurs. On oublie trop souvent que ces derniers sont aussi passés sur les bancs de l'école, et que leurs expériences sont une richesse : Pennac, en nous contant sa propre histoire, nous le rappelle.

RÉSUMÉ

Avec *Chagrin d'école*, Pennac s'éloigne de l'ordre chronologique strict des évènements et opte pour une sorte d'aller-retour au gré de ses réflexions, de ses pensées. S'y mêlent ainsi complètement les expériences du professeur et les souvenirs du cancre.

LA MÉTAMORPHOSE

Devenu écrivain, Daniel Pennac, Pennacchioni de son vrai nom, révèle son passé scolaire, plutôt surprenant. En effet, il était loin d'être un brillant élève, au contraire : « C'est que je fus un mauvais élève » (p. 15), avoue-t-il.

Il confie à son frère, Bernard, son projet d'écrire un livre consacré à la « douleur de ne pas comprendre » (p. 22). Ensemble, ils cherchent à expliquer le mauvais élève qu'était l'écrivain : depuis toujours, ses proches évoquent une chute dans les poubelles de Djibouti comme cause. Pennac comprend d'ailleurs bien l'analogie opérée par son entourage, car le sentiment que partagent les cancres est celui d'être comme les déchets entassés dans les décharges : inutiles et indésirables. À l'instar de nombreux jeunes, Pennacchioni a traversé une époque où il cherchait à s'intégrer dans un groupe pour enfin faire partie d'une bande, en multipliant les bêtises. Or, lorsqu'il a essayé de percer le coffre de ses parents, ceux-ci l'ont aussitôt envoyé en pension.

Pourtant, cet épisode ne lui a pas laissé un mauvais souvenir : selon lui, être un mauvais élève « externe » comporte plus d'inconvénients, car il s'agit pour lui de concilier les milieux familial et scolaire dans une même journée. Aujourd'hui, selon Pennac, la pension n'offre plus les mêmes avantages qu'autrefois. Bien qu'il ne se propose pas de « faire l'apologie de la pension » (p. 77), Pennac remarque qu'elle peut être une solution. Aujourd'hui, « la question est [de toute façon] taboue, sauf comme menace » (*ibid.*). Les parents voient le pensionnat comme un « abandon de paternité » (*ibid.*), comme la pratique d'un « monstre rétrograde » (*ibid.*) venu d'un temps où « on traitait les gosses à la dure » (*ibid.*).

« À quoi tient la métamorphose du cancre en professeur ? » (p. 94), se demande Pennac. Selon lui, ce sont des enseignants qui lui ont permis de se projeter positivement dans le futur, puis de choisir la voie de l'enseignement. Un autre facteur décisif dans sa mutation est l'amour. Ce sont là les deux éléments qui ont amené le petit Pennacchioni à devenir M. Pennacchioni, puis, plus tard, l'écrivain Pennac.

LE RÔLE DE LA FAMILLE

À force d'entendre qu'ils ne sont bons à rien, les mauvais élèves, tout comme Pennachionni enfant, intègrent l'idée qu'ils ne feront jamais rien de leur vie. Aussi Pennac se remémore-t-il l'histoire de Nathalie, l'une de ses élèves, qui lui disait : « J'ai douze ans et demi, et je n'ai rien fait. » (p. 65) L'adolescente avait en réalité entendu ces mots de la bouche de son père.

Ainsi, « les mauvais élèves (élèves réputés sans devenir) ne viennent jamais seuls à l'école » (p. 70), explique l'écrivain : ils amènent leurs problèmes, leur colère ou leur chagrin en classe. C'est pour cette raison que Pennac pense qu'il faudrait inventer spécifiquement pour l'école le « présent d'incarnation » (*ibid.*), un temps qui signifierait « je suis là ».

« J'y arriverai jamais, m'sieur » (p. 117) et « Je m'en moque » (p. 118) font partie de ces affirmations face auxquelles Pennacchioni n'est pas resté sans réaction. Au contraire, il a consacré du temps au « y » et au « en » de ces phrases pour que ses élèves mettent des mots sur leurs souffrances. De la même manière, « Tu le fais exprès » est un reproche que l'école ou les parents adressent depuis longtemps aux mauvais élèves. Pennac, lui, s'attache surtout à analyser le « le » de « Tu le fais exprès » pour convenir qu'il s'agit d'« un si petit pronom pour tant de solitude » (p. 201).

Le climat familial revêt donc une importance fondamentale. Enseignant, Pennac a reçu nombre d'appels de parents inquiets pour la réussite de leurs enfants. Il distingue parmi ces parents différents types, de la mère désespérée à celle qui a toujours choisi ce qu'il y avait de mieux pour son enfant. Mais toutes, sans exception, « ignoraient qu'elles s'adressaient au plus jeune perceur de coffre de sa génération » (p. 55), un ancien cancre voleur, devenu malgré tout professeur et écrivain. Selon Pennac, une partie de ces mères s'inquiètent donc exagérément, tandis que d'autres sont simplement dépassées par leur adolescent. Pourtant, à quelques reprises, Pennacchioni a croisé « le vrai bandit » (p. 242). Il note que la cruauté des adolescents qui tournent mal ne nait pas à l'école, mais au sein du foyer familial.

L'IMPORTANCE DE LA MAITRISE
DE LA LANGUE

Les mauvais élèves ont un fort sentiment d'exclusion. Ils sont mis de côté, notamment parce qu'ils ne maitrisent pas les codes de la langue. Pennac mentionne à ce sujet *L'Esquive*, un film de 2004 qui montre un groupe d'élèves de banlieue mettant en scène la pièce de Marivaux (écrivain français, 1688-1763), *Le Jeu de l'amour et du hasard* (1730). Partant du constat de l'importance de la maitrise de la langue, Pennac met en valeur l'exercice de la dictée, s'il est réalisé dans des conditions visant à la compréhension de la langue et donc du texte.

L'écrivain explique également en quoi l'apprentissage par cœur de textes est bénéfique : cela permet de « s'immerger dans la langue » (p. 158). Selon lui, cet exercice peut favoriser un climat d'entente et de complicité au sein de la classe, indépendamment du statut de bon ou de mauvais élève. Il est conscient que les enseignants peuvent de cette manière aider ces élèves en perdition qui vivent « la solitude et la honte de l'élève qui ne comprend pas, perdu dans un monde où tous les autres comprennent » (p. 41). Une solitude qu'il a lui-même connue, malgré ses efforts pour s'intégrer. Parfois, l'enseignant se trouve lui aussi en échec : il n'arrive pas à aider les adolescents qu'il côtoie.

Évoquant ses propres souvenirs, Pennac raconte comment, enseignant, son but était de maintenir l'attention de tous en classe ; il conclut que « la présence de [ses] élèves dépend[ait] étroitement de la [sienne] » (p. 133).

L'écrivain a travaillé avec de nombreux étudiants en difficulté scolaire, avec lesquels il a eu l'habitude d'obtenir des réponses absurdes à ses questions. Pennac se demande alors ce qu'il faut faire dans ces cas-là. Il ne propose pas une solution miracle, mais constate que condamner les réponses des élèves en les jugeant simplement fausses ne fait que renforcer leur sentiment de décrochage.

MAXIMILIEN

Un soir, Pennac s'est fait arrêter brutalement par un jeune lui réclamant du feu. Lorsque l'adolescent a réalisé qu'il avait face à lui un écrivain lu à l'école, il a tenté de lui demander de l'aide pour un devoir. Souvent, les élèves qu'il a rencontrés lorsqu'il visitait des classes lui ont demandé pourquoi il employait un langage jugé cru dans ses romans – Pennac ne craignant effectivement pas d'utiliser des mots que les jeunes emploient chaque jour, mais qui, une fois écrits ou repris par un adulte ou un écrivain reconnu, deviennent impressionnants.

Selon Pennac, ce jeune homme, Maximilien, est un exemple de ce qu'il appelle la « figure du cancre contemporain » (p. 224). Des Maximilien, des jeunes « en échec scolaire rédhibitoire » (*ibid.*) qui basculent dans la violence verbale et physique, la France en compte trop pour les bienpensants. La violence à l'école est un thème récurrent que certains décrivent comme un phénomène issu de la banlieue, conception qui amène à généraliser et à traiter tous les élèves de ces quartiers sans distinction et revient, de ce fait, à exclure de nombreux élèves – créant ce que Pennac qualifie d'« apartheid scolaire » (p. 247). Suite aux appels de parents d'enfants déscolarisés, autres victimes de cette discrimination, Pennac a contacté l'une ou l'autre de ses relations pour leur trouver un nouvel établissement.

ENSEIGNER AUJOURD'HUI

Pennac montre que quoi qu'il en soit de la formation des enseignants, ceux-ci ne seront jamais préparés à affronter toutes les situations que l'on rencontre à l'école. La principale est celle de l'inégalité dans l'acquisition des savoirs : de nombreux éléments influencent la capacité d'intégration des codes de l'école, puisque « les élèves ne viennent jamais seuls à l'école » (p. 70), mais avec « leur famille dans leur sac à dos » (*ibid.*).

Depuis sa propre adolescence, Pennac n'a observé qu'un seul changement majeur à l'école : les élèves sont dans une société de consommation qui les pousse à vouloir continuellement du neuf. Pennac montre que les adolescents sont devenus prisonniers de la société de consommation : ils pensent que leur personnalité est définie par les marques qu'ils portent. Or l'enseignant actuel n'est pas préparé aux « enfants clients » (p. 291).

Toutefois, grâce à son passé de cancre, l'écrivain est conscient qu'« il suffit d'un professeur – un seul ! – pour nous sauver de nous-mêmes et nous faire oublier tous les autres » (p. 262).

ÉTUDE DES PERSONNAGES

De nombreux personnages se côtoient dans le roman de Daniel Pennac. Des camarades de classe de Pennac enfant aux élèves de Pennac adulte, ce roman raconte les rencontres qui ont jalonné la vie de ce cancre devenu enseignant. Il convient donc de considérer tous les personnages comme un ensemble plutôt que séparément. Quant au narrateur racontant ses expériences et son passé liés à l'école, il convient de le décrire dans les deux principales phases de sa vie.

DANIEL PENNAC

Le cancre

Le mauvais élève dépeint au début du roman est Pennac enfant. Il est finalement peu décrit par l'auteur, qui préfère généraliser son propos, afin de peindre le portrait du cancre en général, duquel il ne s'estime pas différent.

Lorsque Pennac enfant s'exprime, il parle des sentiments qu'il a ressentis en tant que mauvais élève. Le sentiment de n'être bon à rien s'est développé chez lui. Cette perception prend sa source dans des détails, des anecdotes (dans le cas de Pennac, l'épisode des poubelles à Djibouti) qui augmentent et se renforcent au fil des années dans une sorte de spirale de l'échec. L'exclusion et la solitude l'ont d'ailleurs poussé à prendre des voies déviantes, celles qui peuvent mener à la délinquance. Fort heureusement, il n'en est pas arrivé à ce point, et ce, grâce à quelques-uns des professeurs qu'il a rencontrés.

Sans ce passé, Pennac ne serait pas celui qu'il est aujourd'hui. La petite voix du cancre qu'il était apparait ponctuellement dans le roman pour le lui rappeler.

Le professeur

Le cancre est ensuite devenu enseignant. Il s'est à son tour adressé pendant de longues années à tous les élèves qui passaient, avec plaisir ou non, leurs journées sur les bancs de l'école.

Pennac nous raconte les expériences marquantes de Pennacchioni le professeur, de l'élève inconsolable qu'il est arrivé à faire sourire à Maximilien le cancre, en passant par tous les adolescents qu'il a croisés au détour d'une rue parisienne. Tous font partie de sa vie d'enseignant.

Ces témoignages pourraient laisser perplexe : Pennac semble en effet se présenter comme un sauveur. Mais une petite voix, celle de Pennacchioni l'ancien cancre, rappelle ponctuellement l'écrivain à l'ordre. Ces intrusions du personnage du mauvais élève se font entendre comme une forme de morale : on a tous, à un moment et dans certains domaines, des « zones d'incompétence » (p. 183).

Dans le dernier chapitre de *Chagrin d'école*, Pennac résume le rôle de l'enseignant tel qu'il le perçoit : c'est celui qui s'occupe de l'oiseau tombé du nid. « Une hirondelle assommée est une hirondelle à ranimer, point final » (p. 305), explique-t-il. Ici, il n'est pas question d'une matière ou d'un cours, mais d'un lien relationnel qui s'apparente à un accompagnement. Cette relation importante qui se construit entre adolescents et adultes en classe revient tout au long du roman :

- Pennac décrit les professeurs qui l'ont marqué. Plutôt que de parler de leurs cours, il se remémore leurs particularités et leurs styles personnels ;
- Pennac parle aussi des élèves qui ont d'une certaine manière fait appel à lui, lorsqu'ils étaient en détresse. Pour ceux-ci, il a pu être à son tour un professeur marquant.

LA FAMILLE DE PENNAC

Issu d'une famille nombreuse, Pennac est le quatrième et dernier enfant de la fratrie. À la lecture de ce roman, il apparait que l'enfance de l'auteur a été heureuse, si l'on excepte sa difficile carrière d'élève.

Il décrit d'ailleurs ses parents comme démunis face aux difficultés scolaires constantes de leur petit dernier, n'y étant « [pas entrainés] avec [ses] ainés, dont la scolarité, pour n'être pas exceptionnellement brillante, s'était déroulée sans heurt » (p. 18). Ceux-ci ont pourtant toujours essayé de le soutenir, l'encourager et le porter vers l'amélioration.

Ainsi, au lieu de se braquer contre son cancre d'enfant, une complicité est née entre père et fils à ce sujet. Pennac parle de connivence : le sourire et l'humour étaient leurs meilleures armes pour éviter le conflit et les disputes.

L'indulgence portant le sceau de l'amour fait d'ailleurs remonter les difficultés scolaires de l'auteur à son apprentissage de l'alphabet. Aussi, l'apprentissage de la lettre « A » ayant pris plus d'un an, le père ironisait : « Pas de panique, dans vingt-six ans il possédera parfaitement son alphabet » (*ibid.*).

Néanmoins, la connivence entre père et fils cachait une crainte profonde et sincère animant les parents de Pennac. Sa mère garde en effet une sorte d'inquiétude éternelle concernant son dernier enfant, que même la réussite en tant que professeur et auteur à succès ne parvient pas à atténuer.

Au sein de la fratrie de Pennacchioni, les autres enfants ont donc vécu des scolarités sans vague ni remous. Dans le roman, il n'est question que de Bernard, frère avec lequel Pennac a partagé la chambre jusqu'à son entrée en cinquième. Ce dernier « était le seul membre de la famille à pouvoir [l']aider dans [son] travail scolaire sans qu['il] ne [se] verrouille comme une huître » (p. 21). Encore aujourd'hui, à l'heure d'écrire un livre, Pennac se tourne vers ce frère qui était déjà présent pour lui dans son enfance, malgré l'obstination du cancre bloqué dans son incompréhension.

Pennac décrit donc une famille pleine d'amour et de compréhension, ou, du moins, de tentatives de compréhension, car il « [était] un objet de stupeur » (p. 18) pour eux à cause de « son état d'hébétude scolaire » (*ibid.*) qui ne connaissait aucune amélioration.

CLÉS DE LECTURE

AUTOBIOGRAPHIE ET MISE EN ABYME DE L'ÉCRITURE

Le récit de Pennac est une autobiographie, genre que Philippe Lejeune (spécialiste de l'autobiographie, né en 1938) définit comme un « récit rétrospectif en prose qu'une personne réelle fait de sa propre existence, lorsqu'elle met l'accent sur sa vie individuelle, en particulier sur l'histoire de sa personnalité » (*Le Pacte autobiographique*, Paris, Seuil, 1975, p. 14). Dans *Chagrin d'école*, Pennac raconte sa propre vie de cancre devenu enseignant.

Mais l'auteur ne se contente pas d'écrire une autobiographie traditionnelle, c'est-à-dire la vie d'un individu racontée par lui-même, à la première personne du singulier, et concentrée sur un seul auteur-narrateur-personnage, le « je ». Dans *Chagrin d'école*, Pennac semble jouer avec les codes :

- d'un côté, nous avons l'auteur-narrateur qui raconte ses diverses expériences vécues à l'école. Pennac se fait à la fois porte-parole des cancres et des professeurs ;
- de l'autre, nous voyons l'écrivain dans son activité d'écriture. Au début du roman, nous l'observons discuter avec son frère du projet de livre sur l'école :

> « – Un livre de plus sur l'école, alors ? Tu trouves pas qu'il y en a assez ?
> – Pas sur l'école ! Tout le monde s'en préoccupe de l'école, éternelle question des anciens et des modernes : ses pro-

> grammes, son rôle social, ses finalités, l'école d'hier, celle de demain… Non, un livre sur le cancre ! Sur la douleur de ne pas comprendre, et ses dégâts collatéraux. » (p. 22)

Ce livre est celui que nous avons d'ailleurs entre les mains. Plus tard, nous sommes témoins de l'avancement du projet. Pennac met ainsi ponctuellement en évidence son activité d'écrivain dans le roman, évoquant la construction du récit, à la fois comme projet d'écriture et comme objet littéraire. Il s'agit d'un procédé de mise en abyme du roman (procédé qui consiste à représenter une œuvre dans une œuvre du même type).

Cela indique qu'il y a deux récits dans *Chagrin d'école*. Nous pouvons observer que ces deux récits n'ont pas lieu simultanément : l'un est dans le passé, tandis que l'autre se situe dans le présent, au moment où Pennac rédige le livre.

LA SCOLARITÉ À TROIS VISAGES

Dans ce roman, Pennac dresse un portrait complet de l'incompréhension douloureusement vécue, car cette douleur n'est pas seulement celle du mauvais élève, mais également celle des parents et des professeurs qui peuvent être désemparés face à ces situations.

Grâce à ce dispositif particulier de multiplication des points de vue, l'auteur parvient à donner de l'épaisseur à son récit. En permettant d'entrer à la fois dans la peau du professeur et dans celle du cancre, Pennac crée également une forme d'empathie envers deux des acteurs principaux d'une classe. Sa double expérience de cancre et de professeur est une richesse d'autant plus grande dans cet ouvrage. L'auteur aborde ainsi, tantôt avec légèreté, tantôt avec sérieux, les trois facettes ou les trois acteurs de la scolarité.

Les cancres

Acteur souvent incompris et ignoré, le cancre est pourtant au cœur de ce portrait. Pennac présente l'éventail des sentiments profonds éprouvés par les plus mauvais élèves, dont il faisait lui-même partie. Il montre ainsi la situation de rabaissement dans laquelle se trouve le cancre : « L'image de la poubelle [...] convient assez à ce sentiment de déchet que ressent l'élève perdu pour l'école. » (p. 27) Ce sentiment peut naitre de la simple somme de remarques et commentaires anodins ressassés continuellement par son entourage.

Pennac évoque également la honte, l'envie de fuir et la peur de ne pas y arriver, de ne jamais s'en sortir, quelle que soit la situation. Le sentiment d'échec devient alors une sorte de passion développée par des enfants qui « se persuadent très vite, s'ils ne trouvent personne pour les détromper, comme on ne peut vivre sans passion » (p. 62).

L'auteur s'attarde également sur la recherche inassouvie de reconnaissance du cancre, ainsi que sur sa volonté d'appartenir à un groupe duquel il se sent exclu. Aussi le cancre serait-il heureux lors des punitions collectives pour une faute qu'il a lui-même commise, car « on lui fournit par là l'occasion de se sentir partie prenante de la communauté, enfin ! » (p. 35) Se basant sur sa propre expérience, l'auteur nous montre que ce besoin de reconnaissance et d'amour peut être tel qu'il pousserait certains vers la délinquance, car elle devient un domaine dans lequel on les reconnait enfin.

Pennac ne veut enfin pas distinguer le cancre qu'il a été et ceux d'aujourd'hui. L'auteur soutient l'idée que la violence à l'école n'est pas un phénomène de société récent, et constate qu'elle a toujours été présente : il donne pour preuve un exemple du XIXe siècle dans lequel « Alphonse Daudet [écrivain français, 1840-1897] exprimait déjà sa douleur de pion torturé » (p. 244). Il remarque simplement que, à l'heure actuelle, bien plus qu'à son époque, la médiatisation stigmatise une minorité violente qui effraie en la présentant comme majoritaire.

En somme, grâce à son expérience personnelle, Pennac montre que la souffrance jalonne le parcours du cancre pour qui la pédagogie n'est toujours pas adaptée.

Les parents, et en particulier les mères

Quoi qu'il en soit, le rôle de parents n'est pas toujours facile, et il semble qu'aucune attitude ne soit particulièrement recommandée avec un cancre. Les parents de l'auteur ont en effet choisi de garder leurs inquiétudes le plus profondément enfouies, préférant l'humour comme arme contre les mauvaises notes répétitives.

Pourtant, cette compréhension n'a pas suffi : le jeune Pennac avait tout simplement ancré dans son esprit qu'il ne comprenait pas, que « même le chien de la maison pigeait plus vite que [lui] » (p. 19). Lorsqu'il a volé ses parents, ils ont décidé, dépassés et désemparés, de l'envoyer en pension.

Le pensionnat semble justement présenté comme une solution intéressante, autant pour le jeune que pour les parents. Non pas qu'il puisse dire qu'il était plus heureux au pensionnat, mais selon lui, le statut d'externe n'était pas plus enviable. Ce dernier doit en effet gérer au quotidien la déception et certaines brimades autant des professeurs que des parents.

Pennac en profite également pour peindre les portraits de mères perdues, épuisées, humiliées, furibondes contre la société ou contre leur propre enfant, versées en psychologie, etc. Certaines contactent le professeur pour des raisons futiles : « Pour que vous la débarrassiez cette année encore d'un fils dont elle ne veut plus entendre parler jusqu'à l'année prochaine même date », car elle « craint la réaction du père » (p. 53), etc. D'autres encore participent aux mensonges dont leur enfant pourrait user, les couvrant pour éviter d'aggraver leur cas auprès des directeurs d'école.

Pennac le prouve : les réactions parentales peuvent être multiples et variées. Pourtant, une peur semble animer toutes les mères : elles considèrent « le futur comme un mur où seraient projetées les images démesurément agrandies d'un présent sans espoir » (p. 54).

Les professeurs

Au fil du roman, Pennac nous présente diverses caractéristiques du professeur, sans omettre de souligner les attitudes qui enfoncent les cancres. À partir de son expérience personnelle, enrichie par l'avis d'autres collègues professeurs et par la voix des cancres, émerge donc à la lecture de *Chagrin d'école* une sorte de guide, un recueil de conseils pour mieux comprendre et aider les cancres.

Bien que tous ces conseils semblent fonctionner, il n'en reste pas moins qu'ils doivent être adaptés au public et au moment. Pennac ne se place donc pas en professeur dogmatique, mais offre plutôt des pistes parmi la multitude des possibles.

Tout d'abord, parmi les qualités requises, l'enseignant ne doit également jamais rien lâcher et avoir conscience de l'impact qu'il a sur ses élèves. Les professeurs sont souvent dans l'urgence : au lieu de chercher les causes, ils doivent plonger et encore plonger. En effet, les élèves n'envisagent aucun futur et, face à la colère présente, il est « parfaitement inutile [...] de se perdre en arguties morales ou psychologiques » (p. 123) sur un hypothétique futur, même proche. L'heure est au présent pour redonner le gout d'apprendre aux jeunes, sans attendre. Pennac confie ainsi que certains professeurs « ont fini par [le] sortir de là. Et beaucoup d'autres avec [lui]. Ils [les] ont littéralement repêchés » au lieu de les enfoncer à coups de sermons (p. 42).

Il doit ensuite réussir à ancrer son cours dans le « présent d'incarnation [...] ici, dans cette classe » (p. 72). Ce temps particulier à l'apprentissage permet d'arrêter de « brandir le passé comme une honte et l'avenir comme un châtiment » (*ibid.*). Il permet aussi aux élèves de mettre de côté leurs problèmes le temps du cours. Ce conseil est aussi valable pour le professeur.

De plus, l'une des qualités les plus importantes est d'utiliser ce que les élèves apportent comme fondation du cours. En recourant à ces apports, le professeur peut à la fois valoriser ses élèves (et chacun individuellement de préférence) et les impliquer davantage dans leur apprentissage. Il est également invité à être à l'écoute de ses élèves, quitte à perdre quelques minutes de cours. L'humour devient ainsi l'une des armes les plus utiles du professeur.

L'auteur donne également son avis sur une pratique méprisée à l'heure actuelle : la dictée. Il en parle comme d'un « rendez-vous complet avec la langue » (p. 145), pourvu qu'elle soit précisée « par l'exercice méticuleux de la correction » (*ibid.*). Cette correction doit donner accès au sens du texte et à celui de la grammaire, car sans compréhension, le travail n'a aucun but et donc peu, voire pas, de bénéfice pour l'élève. Le travail méticuleux permet aussi aux élèves de voir leur progrès dans un domaine primordial, suscitant par la même leur motivation et leur confiance en eux.

L'auteur gratifie également les professeurs de quelques conseils plus pratiques glanés auprès de collègues. Ces conseils concernent notamment la discipline en classe. Une jeune enseignante confie que « pour maîtriser tant d'énergie vitale [il ne faut] jamais parler plus fort qu'eux, c'est le truc » (p. 137).

En outre, elle sépare complètement école et vie privée. Autrement dit, « quand [elle est] avec eux ou dans leurs copies [elle n'est] pas ailleurs [mais] quand [elle est] ailleurs, [elle n'est] plus du tout avec eux » (*ibid.*), tandis qu'une autre conçoit l'appel comme « le seul moment de la journée où le professeur a l'occasion de s'adresser à chacun de ses élèves » (p. 139). Cette jeune collègue cherche également à donner de l'importance à chacun de ses élèves. Elle les voit comme des « musiciens » (p. 138) possédant chacun un instrument propre et essentiel à l'orchestre, le problème étant « qu'on veut leur faire croire à un monde où seuls comptent les premiers violons » (*ibid.*). Ces secrets semblent aller de soi, cependant, il est bon de les rappeler pour les garder à l'esprit tout au long d'une carrière d'enseignant.

Les conseils glanés par Pennac relèvent aussi des rituels de classe. Ainsi, un professeur de math lui confie son rituel « qui sonne comme un second réveil » (p. 139) : l'appel, « seul moment de la journée où le professeur a l'occasion de s'adresser à chacun de ses élèves » (*ibid.*). Ce moment permet au professeur de prendre la température, de sonder l'humeur du jour de chaque élève grâce à une courte réponse. Il permet aussi une individualisation brève de la relation professeur-élève.

Au-delà de ces recommandations, dans *Chagrin d'école*, la voix des cancres ne résonne pas uniquement par les propos de Pennac sur lui-même, mais également à travers les courtes phrases d'élèves désœuvrés face à la conjugaison et la grammaire, par exemple. Ce procédé, tout comme le précédent, donne plus de poids au propos de l'auteur, qui n'apparait pas comme un savant à la science infuse, mais bien comme un homme enrichi par les rencontres au fil de son parcours.

UNE ÉCRITURE ORALISÉE

Sur papier, écrire plus de 300 pages sur les cancres pourrait paraitre une idée un peu pauvre, voire redondante. Pourtant, ce roman est bel et bien un succès, primé de surcroit. L'originalité de l'écriture y est probablement pour beaucoup. Elle peut être qualifiée d'oralisée, et ce pour diverses raisons.

Le rythme

Abstraction faite de l'organisation en chapitres et sous-chapitres assez brefs, ce roman de Pennac offre une lecture rythmée par des phrases relativement courtes et directes, à l'instar de l'écriture journalistique. L'oralité est ici marquée par la ponctuation, utilisée à bon escient. L'auteur parvient ainsi à expliquer une idée complexe en une phrase jouant le rôle de mise en situation, de pose du décor :

> « La professeur est jeune, directe, non formatée, elle n'est pas écrasée par le poids de la fatalité, elle est parfaitement présente et sa classe est pleine de tous les élèves, parents, collègues et employeurs de France et de Navarre, à qui se sont joints – on a ajouté des chaises – les dix derniers ministres de l'Éducation nationale. » (p. 189)

La longueur de certaines phrases est donc rompue par de nombreux signes de ponctuation : virgules, tirets, parenthèses et autres points de suspension. La lecture semble ainsi suivre le flou de la parole ou, plutôt, de la pensée de l'auteur, ce qui rend la lecture plus fluide, rythmée par ce flou.

Les expressions « jeunes »

L'oralité se caractérise aussi par son enracinement dans

le monde contemporain : l'évolution langagière y est perpétuelle et multiple, contrairement à l'écrit qui est la traduction d'une langue plus figée, moins mouvante. Ainsi, si une matière « gonfle » (p. 121) un élève, « dix ans plus tard elle lui prendrait la tête et dix ans plus tard encore elle le gaverait » (p. 122).

Pennac n'hésite donc pas à disséminer des expressions et tournures « jeunes » entendues dans la bouche des nombreux élèves rencontrés au fil des années. L'existence de l'expression « avoir la haine » ne surprend d'ailleurs pas l'auteur, car « elle [exprime] encore ce besoin de vengeance qui [lui] avait été si familier » à l'adolescence (p. 33). Les synonymes de « s'en moquer » sont nombreux – « s'en foutre, s'en taper, s'en branler, [...] s'en battre les couilles » – et « [testent] la résistance des oreilles enseignantes » (p. 122).

Ces expressions traduisent l'expérience de Pennac et ancrent d'autant plus ses propos dans une réalité concrète. Cependant, cette réalité évolue sans cesse, ce dont l'auteur a conscience comme il l'exprime justement à travers les propos qu'il prête à un jeune suppliant sa mère : « Maman, [...] j'aurai l'air d'un blaireau, sinon ! (Correction : "blaireau" date un peu), j'aurai l'air d'un bolos, et ça va pas le faire ! » (p. 290)

L'emploi des pronoms « nous » et « on »

Ce roman donne également à voir une répartition bien distincte des pronoms « nous » et « on », utilisés pour englober respectivement Pennac et les professeurs avec la première personne du pluriel, et Pennac et les cancres avec le pronom indéfini. L'auteur marque ainsi une différence en prenant tour à tour la posture de porte-parole des uns puis des autres.

Pennac s'adresse ainsi aux professeurs pour qu'ils ne baissent pas les bras face au phénomène de délinquance : « Nous seuls pouvons [...] sortir [l'élève] de cette prison-là. » (p. 41) À l'inverse, lorsqu'il raconte son ressenti face à l'apprentissage, l'ancien cancre dit : « On n'en est pas digne, on est un crétin ! » (p. 24) Le pronom « nous » traduit un emploi plus correct de la langue (à l'oral comme à l'écrit, celui du registre courant à soutenu), tandis que le pronom « on » correspond à un usage plus oral, celui d'un registre familier. Autrement dit, la distribution des pronoms traduit l'usage de chacun des groupes représentés.

L'écriture imagée

Écriture oralisée (phrases courtes, tournures « jeunes ») ne signifie pas forcément simpliste. Dans ce roman, Pennac use, par touches savamment distillées, d'images poétiques, de métaphores « parlantes ». Au moment de qualifier les mots du professeur, l'auteur les compare ainsi à « des bois flottants auxquels le mauvais élève s'accroche sur une rivière dont le courant l'entraine vers les grandes chutes » (p. 22). Grâce à cette image, le lecteur peut appréhender plus justement le ressenti du cancre qui se retrouve impuissant face à son échec futur : l'image donne plus de puissance au propos de Pennac.

Ces propos imagés permettent aussi à l'auteur d'être compris de son lecteur : le professeur peut plus facilement lui faire entrevoir les difficultés de son métier. Pennac affirme notamment que le mauvais élève ne vient jamais seul en classe. Il faut composer avec diverses « couches de chagrin, de peur, d'inquiétude, de rancœur, de colère, d'envies inassouvies, de renoncements furieux, accumulées sur fond de passé honteux, de présent menaçant, de futur condamné » (p. 70). Toutes ces couches forment un ognon, objet de la métaphore. Pennac permet donc au lecteur de découvrir et de mieux comprendre une particularité d'un métier qui n'est pas forcément le sien.

L'écriture au style oralisé donne autant un rythme qu'une vérité plus criante aux propos tenus par Pennac qui emmène, de cette façon, le lecteur dans son histoire. Ce dernier, qui n'a peut-être ni été cancre ni professeur, parvient à s'identifier, ou du moins à comprendre, les propos de l'auteur.

PRIX RENAUDOT ET BESTSELLER

Daniel Pennac n'en est pas à son premier succès. En effet, il a reçu son premier prix en 1987 pour *La Fée carabine* (1987), le deuxième livre de la série *Malaussène*. Mais la réussite littéraire qu'est *Chagrin d'école* mérite d'être pointée du doigt.

En 2007, le roman de Pennac remporte le prix Renaudot, mais pas sans créer une polémique. En effet, il est couronné alors qu'il ne figure pas sur la liste des livres en course pour le prix. Christophe Donner (écrivain, journaliste, critique et cinéaste français, né en 1956), le principal concurrent de Pennac, dénonce alors la corruption qui entache le jury du prix Renaudot.

Retenons surtout que le roman de Pennac semble s'être distingué au point d'effacer la liste initialement définie.

Sachant que les autobiographies foisonnent dans les rayons des libraires, et que la thématique de l'école est très souvent mise en avant dans la société contemporaine, on peut se demander pourquoi Pennac a été récompensé par le prix Renaudot. En effet, *Chagrin d'école* semble s'inscrire dans une tendance littéraire déjà existante plutôt qu'innover. Une hypothèse que l'on peut avancer est la posture adoptée par l'auteur. Si Pennac a choisi un genre et un thème dépourvus d'originalité, il ne s'est pas enfermé dans des codes prédéfinis :

- *Chagrin d'école* n'est pas un traité d'éducation, mais un roman dans lequel l'écrivain raconte ses expériences. Pennac ne propose pas une liste de préceptes à suivre, même si quelques phrases du roman apparaissent comme des conseils. Il témoigne plutôt des difficultés que l'on observe à l'école : il y a d'un côté celles qu'un élève qui ne comprend pas peut ressentir, de l'autre celles que rencontre l'enseignant qui ne doit laisser personne à la traine. Ce traitement apporte toute sa singularité au roman de Pennac ;
- à la lecture du récit, on sent que l'auteur n'a pas voulu mettre en avant sa propre personne, comme c'est généralement le cas dans les autobiographies. Son histoire, c'est d'abord celle que vivent tous les élèves en difficulté, puis celle de tous les enseignants qui veulent les aider.

Avec *Chagrin d'école*, Pennac ouvre les perspectives des enseignants, des parents ainsi que des élèves sur un thème transgénérationnel : les difficultés scolaires. En multipliant les éclairages, Pennac atteint un traitement singulier qui augmente d'autant plus la richesse du roman.

PISTES DE RÉFLEXION

QUELQUES QUESTIONS POUR APPROFONDIR SA RÉFLEXION...

- Pennac explique que certains jeunes lui ont dit être choqués par les mots parfois crus qu'il emploie dans ses livres. Qu'en pensez-vous ? Pourquoi certaines expressions dites « jeunes » sont-elles choquantes lorsqu'on les retrouve écrites, plus particulièrement dans un livre ?
- Commentez l'extrait suivant : « Les mots de grammaire se soignent par la grammaire, les fautes d'orthographe par l'exercice de l'orthographe, la peur de lire par la lecture, celle de ne pas comprendre par l'immersion dans le texte, et l'habitude de ne pas réfléchir par le calme renfort d'une raison strictement limitée à l'objet qui nous occupe, ici, maintenant. » (p. 124)
- Pennac explique le rôle des enseignants au travers du bref dialogue suivant : « – Les profs ils nous prennent la tête, m'sieur ! – Tu te trompes. Ta tête est déjà prise. Les professeurs essayent de te la rendre. » (p. 227) Comment faut-il comprendre ces deux interventions ?
- Pensez-vous que toutes les activités scolaires que l'auteur préconise (les dictées, les corrections par des élèves plus jeunes, etc.) sont réalisables en classe ?
- Comment expliquez-vous le titre *Chagrin d'école* après la lecture du roman ? Développez plusieurs axes d'argumentation.
- Selon vous, ce livre s'adresse-t-il à un public particulier ? Quelles personnes peuvent être touchées par ce récit ? Argumentez.

- Certains ont jugé ce livre un peu « fouillis » (SOULÉ V., « L'enfance d'un cancre », in *liberation.fr*). Quelles caractéristiques du roman peuvent amener à cette conclusion ? Développez.

- Quelles relations entretiennent « Daniel Pennac écrivain » et « Daniel Pennacchioni cancre » ? Décrivez ces deux personnages l'un par rapport à l'autre et expliquez le rôle du cancre dans la vie de l'écrivain.

- Pensez-vous que les difficultés scolaires sont explicables par l'environnement social ? Présentez votre réponse de manière argumentée.

- Quel rôle jouent les multiples références littéraires et culturelles (Jean de La Bruyère [écrivain français, 1645-1696], Alphonse Daudet, Michel Audiard [scénariste et cinéaste français, 1920-1985], Woody Allen [cinéaste et acteur américain, né en 1935], etc.) dans le texte ?

Votre avis nous intéresse !
Laissez un commentaire sur le site de votre librairie en ligne
et partagez vos coups de cœur sur les réseaux sociaux !

POUR ALLER PLUS LOIN

ÉDITION DE RÉFÉRENCE

- PENNAC D., *Chagrin d'école*, Paris, Gallimard, coll. « NRF », 2007.

ÉTUDES DE RÉFÉRENCE

- « Daniel Pennac », in *lexpress.fr*, consulté le 20 juillet 2017. http://www.lexpress.fr/culture/livre/chagrin-d-ecole_813048.html
- « Daniel Pennac », in *gallimard.fr*, consulté le 20 juillet 2017. http://www.gallimard.fr/Contributeurs/Daniel-Pennac
- GENETTE G., *Figures III*, Paris, Seuil, coll. « Poétique », 1972.
- LEJEUNE P., *Le Pacte autobiographique*, Paris, Seuil, 1975.
- « Littérature : La guerre des prix », in *lejdd.fr*, consulté le 20 juillet 2017. http://www.lejdd.fr/Culture/Actualite/Litterature-La-guerre-des-prix-100845/?sitemap
- SOULÉ V., « L'enfance d'un cancre », in *liberation.fr*, consulté le 20 juillet 2017. http://next.liberation.fr/livres/2007/10/11/l-enfance-d-un-cancre_103539

SUR LEPETITLITTÉRAIRE.FR

- Fiche de lecture sur *Au bonheur des ogres* de Daniel Pennac.
- Fiche de lecture sur *Cabot-Caboche* de Daniel Pennac.
- Fiche de lecture sur *Journal d'un corps* de Daniel Pennac.
- Fiche de lecture sur *Kamo. L'idée du siècle* de Daniel

Pennac.

- Fiche de lecture sur *La Fée carabine* de Daniel Pennac.
- Questionnaire de lecture sur *Au bonheur des ogres*.
- Questionnaire de lecture sur *Cabot-Caboche*.

Retrouvez notre offre complète sur lePetitLittéraire.fr

- des fiches de lectures
- des commentaires littéraires
- des questionnaires de lecture
- des résumés

ANOUILH
- Antigone

AUSTEN
- Orgueil et Préjugés

BALZAC
- Eugénie Grandet
- Le Père Goriot
- Illusions perdues

BARJAVEL
- La Nuit des temps

BEAUMARCHAIS
- Le Mariage de Figaro

BECKETT
- En attendant Godot

BRETON
- Nadja

CAMUS
- La Peste
- Les Justes
- L'Étranger

CARRÈRE
- Limonov

CÉLINE
- Voyage au bout de la nuit

CERVANTÈS
- Don Quichotte de la Manche

CHATEAUBRIAND
- Mémoires d'outre-tombe

CHODERLOS DE LACLOS
- Les Liaisons dangereuses

CHRÉTIEN DE TROYES
- Yvain ou le Chevalier au lion

CHRISTIE
- Dix Petits Nègres

CLAUDEL
- La Petite Fille de Monsieur Linh
- Le Rapport de Brodeck

COELHO
- L'Alchimiste

CONAN DOYLE
- Le Chien des Baskerville

DAI SIJIE
- Balzac et la Petite Tailleuse chinoise

DE GAULLE
- Mémoires de guerre III. Le Salut. 1944-1946

DE VIGAN
- No et moi

DICKER
- La Vérité sur l'affaire Harry Quebert

DIDEROT
- Supplément au Voyage de Bougainville

DUMAS
- Les Trois
  Mousquetaires

ÉNARD
- Parlez-leur
  de batailles,
  de rois et
  d'éléphants

FERRARI
- Le Sermon sur la
  chute de Rome

FLAUBERT
- Madame Bovary

FRANK
- Journal
  d'Anne Frank

FRED VARGAS
- Pars vite et
  reviens tard

GARY
- La Vie devant soi

GAUDÉ
- La Mort du
  roi Tsongor
- Le Soleil des
  Scorta

GAUTIER
- La Morte
  amoureuse
- Le Capitaine
  Fracasse

GAVALDA
- 35 kilos d'espoir

GIDE
- Les
  Faux-Monnayeurs

GIONO
- Le Grand
  Troupeau
- Le Hussard
  sur le toit

GIRAUDOUX
- La guerre de
  Troie
  n'aura pas lieu

GOLDING
- Sa Majesté des
  Mouches

GRIMBERT
- Un secret

HEMINGWAY
- Le Vieil Homme
  et la Mer

HESSEL
- Indignez-vous !

HOMÈRE
- L'Odyssée

HUGO
- Le Dernier Jour
  d'un condamné
- Les Misérables
- Notre-Dame
  de Paris

HUXLEY
- Le Meilleur
  des mondes

IONESCO
- Rhinocéros
- La Cantatrice
  chauve

JARY
- Ubu roi

JENNI
- L'Art français
  de la guerre

JOFFO
- Un sac de billes

KAFKA
- La Métamorphose

KEROUAC
- Sur la route

KESSEL
- Le Lion

LARSSON
- Millenium I. Les
  hommes qui
  n'aimaient pas
  les femmes

LE CLÉZIO
- Mondo

LEVI
- Si c'est un
  homme

LEVY
- Et si c'était vrai…

MAALOUF
- Léon l'Africain

MALRAUX
- La Condition humaine

MARIVAUX
- La Double Inconstance
- Le Jeu de l'amour et du hasard

MARTINEZ
- Du domaine des murmures

MAUPASSANT
- Boule de suif
- Le Horla
- Une vie

MAURIAC
- Le Nœud de vipères

MAURIAC
- Le Sagouin

MÉRIMÉE
- Tamango
- Colomba

MERLE
- La mort est mon métier

MOLIÈRE
- Le Misanthrope
- L'Avare
- Le Bourgeois gentilhomme

MONTAIGNE
- Essais

MORPURGO
- Le Roi Arthur

MUSSET
- Lorenzaccio

MUSSO
- Que serais-je sans toi ?

NOTHOMB
- Stupeur et Tremblements

ORWELL
- La Ferme des animaux
- 1984

PAGNOL
- La Gloire de mon père

PANCOL
- Les Yeux jaunes des crocodiles

PASCAL
- Pensées

PENNAC
- Au bonheur des ogres

POE
- La Chute de la maison Usher

PROUST
- Du côté de chez Swann

QUENEAU
- Zazie dans le métro

QUIGNARD
- Tous les matins du monde

RABELAIS
- Gargantua

RACINE
- Andromaque
- Britannicus
- Phèdre

ROUSSEAU
- Confessions

ROSTAND
- Cyrano de Bergerac

ROWLING
- Harry Potter à l'école des sorciers

SAINT-EXUPÉRY
- Le Petit Prince
- Vol de nuit

SARTRE
- Huis clos
- La Nausée
- Les Mouches

SCHLINK
- Le Liseur

SCHMITT
- La Part de l'autre
- Oscar et la
  Dame rose

SEPULVEDA
- Le Vieux qui
  lisait des romans
  d'amour

SHAKESPEARE
- Roméo et Juliette

SIMENON
- Le Chien jaune

STEEMAN
- L'Assassin
  habite au 21

STEINBECK
- Des souris et
  des hommes

STENDHAL
- Le Rouge et
  le Noir

STEVENSON
- L'Île au trésor

SÜSKIND
- Le Parfum

TOLSTOÏ
- Anna Karénine

TOURNIER
- Vendredi ou
  la Vie sauvage

TOUSSAINT
- Fuir

UHLMAN
- L'Ami retrouvé

VERNE
- Le Tour
  du monde
  en 80 jours
- Vingt mille
  lieues sous
  les mers
- Voyage au
  centre de
  la terre

VIAN
- L'Écume des jours

VOLTAIRE
- Candide

WELLS
- La Guerre des
  mondes

YOURCENAR
- Mémoires
  d'Hadrien

ZOLA
- Au bonheur
  des dames
- L'Assommoir
- Germinal

ZWEIG
- Le Joueur
  d'échecs

www.lepetitlitteraire.fr

ISBN version numérique : 978-2-8080-0004-8
ISBN version papier : 978-2-8080-0005-5
Dépôt légal : D/2017/12603/429

Avec la collaboration de Florence Balthasar pour l'étude de la famille de Pennac, ainsi que pour les clés de lecture « La scolarité à trois visages » et « Une écriture oralisée ».

Conception numérique : Primento,
le partenaire numérique des éditeurs.

Ce titre a été réalisé avec le soutien de la Fédération Wallonie-Bruxelles, Service général des Lettres et du Livre.